蜀 籁 诗 丛

樱桃小镇

敬丹樱 著

四川文艺出版社

图书在版编目（CIP）数据

樱桃小镇 / 敬丹樱著. 一成都：四川文艺出版社，
2017.4（2022.1重印）

（蜀籁诗丛）

ISBN 978-7-5411-4615-2

Ⅰ.①樱… Ⅱ.①敬… Ⅲ.①诗集–中国–当代
Ⅳ.①I227

中国版本图书馆CIP数据核字（2017）第058406号

YINGTAOXIAOZHEN
樱桃小镇

敬丹樱　著

责任编辑　　金炀淏　余　岚
封面设计　　叶　茂
内文设计　　史小燕
责任校对　　蓝　海

出版发行　　四川文艺出版社（成都市槐树街2号）
网　　址　　www.scwys.com
电　　话　　028-86259287（发行部）　　028-86259303（编辑部）
传　　真　　028-86259306

邮购地址　　成都市槐树街2号四川文艺出版社邮购部　610031
印　　刷　　永清县晔盛亚胶印有限公司
成品尺寸　　142mm×210mm　1/32
印　　张　　6　　　　字　　数　120千
版　　次　　2017年4月第一版　印　　次　2022年1月第二次印刷
书　　号　　ISBN 978-7-5411-4615-2
定　　价　　30.00元

蜀籁诗丛

目录

第二辑　风与风摩擦，产生的空

第三辑　偶然中的偶然

第四辑　春水喧哗，是后来的事

第一辑

自左心室出发，朝圣

诗

身体一分为二

一群小妖与一座寺院，比邻而居

她们自左心室出发

朝圣。自顾自唱出跑调的梵音

灵魂里种下菩提的人，才配引领她们。先抵达佛光

再反刍春天

笑春风

若要见我，无须策马扬尘
我已回到唐都城南
已将思念植入梦的憩园，已将崔姓
冠于闺名之前

但是请快些，再快些
第一天含苞
第二天灿烂
第三天的我啊，零落成泥

你呀你，不是来得太早，就是太迟
劳我空自牵念
空自惹恼一路西风

疼　痛

是一对病友，住同一间病房
得同一种病。一个是早期，一个是晚期

一个被鸟啄了一下
一个被虫子蛀空了心

能饮一杯无

狼毫收起长啸，饱蘸醇香
为小小院落
添上一笔炉火。我拂酒坛，开诗篓，捧出助兴的丝竹

绿蚁的芬芳不胫而走。
朋友，一起吟诗作对，就着月光，我们醉眼操琴
且歌。且行。

为夜色点染漫天风雪之前
我得先插上门闩，将这个冬天，拒之门外

活 着

像花儿一样

细腻。谦卑。内心坚强。释放谨慎的暗香

孤独从一枚花瓣向另一枚

迁徙。心里酝酿着沉默的风暴。风可以再大些——

骨头虽轻

却不会比心，更软

名　字

有的名字，总会趁着夜色
从心底溜进喉咙
在舌根住下，不走。它原是迈向幸福的通关密语
只是这幸福，已更名换姓

那个名字
最终蹦出舌尖。它忘了你患有选择性失聪

你是存在的

之于月光，你是瞳孔涨出的一池秋水

之于植被

你是泛绿的春光

在蒙尘的日记里被反复命名

有时是一棵树

有时是敌人，小兽，他。没有风，寂静被腹语说破

你始终偏安一隅

等待被解禁，被认领，锻造或者颠覆

二泉映月

一个词语，是否宽广到足以
容纳一把二胡的悲伤。江南忽然暗下来
桃花只开了半朵，试图用白月光嫁接一片光明
剩下的半朵
在梦中熬红了眼

十面埋伏

四面楚歌，都是乡愁的陷阱

攥紧最后一块浮木

从水路泅渡。田垄之上，那细数谷穗胎音的少年

还噙着明晃晃的笑

一切都已太晚。只能裹在阴谋里

别剑，别马，别姬……

补 裘

秋风多事，为你虚构媚骨
却不慎涂抹风寒。夜色在月光里种下暗箭

捻线，穿针。花朵活过来
你使尽浑身解数
为雀金裘寻回妩媚的春天。花事被几束炉火点燃

芙蓉咬破红唇
每一瓣，都欲说还休

浮 世

为鹅毛目测理想，与落叶

交换宿命

置身黑暗的河流，爱与恨被推向潮头浪尖

俯瞰的风景充满危险

我们是随波逐流的顺民

在上游和下游之间

摸索鼻息微弱的渔火，为一处安身立命之地

反复

搬运自己

棉朵儿

爱上你之后，省略掉很多细枝末节
粉红开落，鹅黄开落，壁垒森严的青桃不说话
阳光推开黑房子——

我住在里面，是你的白色小孩
你喊一声亲爱，我絮状的心，就一丝丝软下来

桃 花

这个小小的纵火犯

转眼间就把春天烧着了一半

她竟然不逃

冲着我无辜地笑。上帝啊！请换一位神父来审判

她的眼神

分明是一场无法抗拒的灾难……

绣　女

她在屋檐下听雨滴，想心事
一针一线绣鸳鸯
她既怕心事悄悄溜出来，又怕它溜出来的时候
他不在

绣着，绣着，一阵风路过
她惊慌地藏着，藏着

小小的羞涩
刚钻进针鼻儿，开在眉梢那朵艳艳的桃花呀……
又被针尖上亮晃晃的寒光
轻轻挑破

给 你

我情书起句的称呼

我墓碑末尾的落款

那些花儿一样的名字

脚印只有三寸，一步开一朵莲
跟在生活之后
永远保持低眉顺眼。前半生把一个男人的名字贴在心口
后半生把另一个男人的名字
举过额头

身为花朵，从未被院墙之外的春天收编
泪水凝结成盐。平淡无奇的闺怨，就连一段戏文
也不愿为之立传

路过祠堂的风，翻开蒙尘的残卷
幽幽念出——
王张氏，李杨氏，刘周氏……
姓氏后面那些花儿一样
年轻美好的名字，在一圈又一圈的年轮里，集体走失

纸上春天

用十万朵羞涩的蔷薇

拼出人间四月天。奈何笔尖太细

春，一戳即破

放羊的星星

夜很静。白羊变成黑羊
牧羊人走丢后，它不再迷恋青草
向眼神最深邃的星星请教

这白昼的隐士，用璀璨的光芒放羊
破晓前，白帽白袄依次归位
黑羊
变成白羊

睡 莲

再没见过比她更美的婴儿
吮着粉嫩的指，吐露无邪的香

对她的爱慕，从摇篮开始
回到摇篮。这中间省略了无数沉睡的时光

加起来
刚好是一个春天

柿子红了

还没说出怕黑，它便红了
比除夕的灯笼
还要暖，是你收在衣橱底层的嫁衣裳

目光触及鬓角的薄霜
便开始闪烁。多年前，你的心也曾被我的啼哭浸泡
在风里一寸寸软下来，成为暮色中
模糊的一团

身子渐渐沉重，羊水就要破了
秋的子宫不再适合居住
如何将悲伤酿成蜜汁，是你一再隐瞒的秘密

梦的简史

梦境太过贪婪
先蚕食游弋，爬行，再一寸寸逼近飞翔
秋具有两面性。心被抽去一半真空
句子里每一条骨骸都被凉风劫持，与腐朽，分江而治

身体被裹进烟卷，所有的毒素
都沉沦于一场奢靡的狂欢
江湖，薄愁，掬不起的散章残篇，在半支烟的时光中
若隐若现

安排你吞吐云朵，而你显然更钟情于
和灵魂推杯换盏
前半夜写了醉，后半夜醉了写
试图让文字的救赎趋于完满，是最可爱的一厢情愿

从不主动摘取耀眼的星子
展开蝶的翅膀，探寻月光的香与暖。悲伤老于秋天
而你是一只夏蝉，心里蛰伏着汹涌的潮汐
与火山

街　角

满头白发
都是旧时光的失物

豁口的瓷碗
和几枚硬币，铺开小面额的生活

她挺直腰板
为递来的每份暖意，回赠一朵掏心掏肺的菊

小桃红

你的名字柔若无骨
你将罪恶的红，开了一丛又一丛

小桃红啊！风只吹不度
对岸的小哥哥喊着你，一春又一春，你的心口
痛不痛

时 光

我多么爱他，他的每次呼吸都拨乱心弦
我多么伤感，无论怎么努力，也换不来他一秒的停驻

他是我的隐形爱人
他也爱我，却从来不说

梦

错过阳光，错过低飞的翅膀
与黄昏交好
与黑森林相遇。我是一个没有故乡的人

果子笑容诡异，虬枝盘根错节
迷雾中，巢穴上演迷人的动荡，峭壁盛开好听的句子

万物在喧嚣中死去
我手执长矛
与自己角斗，偶尔触及生活，便后退一寸

与黄昏交好
无法从黑森林突围。你的面孔比阳光和翅膀
还要恍惚。我是一个虚构故乡的人

与唐婉

我写驿外梅，你便携雪蕊同芳
我写长亭柳
你便扶青翠入眠
我写万重云外的沙鸥，碧水潭边的钓叟，红尘冷暖写尽
独不敢翻拣姹紫嫣红中，你的闺怨

我画梁燕催起犹慵，瘦马欲行霜栈
画镜湖烟雨，灯院霜钟
众生百态描透，唯无法凝神烛影摇曳处，你的容颜

我恨子规啼残了春光，恨新月愁白了霜发
恨咫尺长门，恨君心危栏
恨自己敛疏狂轻浮名，仍拗不过这凉薄世情。恨你呀
愁损罗帕
收不尽满地银珠

望穿鹧鸪霜天，看轻眼底荣华，万里江湖渐淡
清笳铁骑已远。不如乘一梦南柯

携心中旧影，闲院煎茶，静听细雨踏绿荷，拼凑残年
清歌醉吟叙悲欢

从白马寨到小河营（组诗）

白马寨

支开摊位，卖银饰的白袍姑娘们
兜售格桑花、海兰和吉祥鱼。小酒窝不停往外渗出蜜汁
是怒放的红杜鹃
是歌声中的月光，和山泉

林间野花

唤她阿朱，唤她阿紫
唤她小仙女小精灵小山鬼小女巫，有时唤她傻姑
也不恼。光着脚丫，啃着手指，憨憨的，野野的
风一吹
就咯咯笑

黄土梁

从十二色环集体出逃
仓促间，它们绊倒颜料盒，打翻调色板
画室里狼籍一片……
这群调皮的坏孩子，独占秋枝，一直与午后的阳光对峙
太阳不说回家，它们也坚决不说

九　寨

青稞酒一定是高原红秘制的
饮下三碗。身体变小变轻，肋生双翅，唱歌之前
鸟儿纷纷撕碎矜持
听着听着，蜀绣般的海子醉了；游着游着，天鹅和鸳鸯
也辨不清归路了

珍珠滩

如同欢腾的小鹿，十八道溪流
耍出十八般武艺
这么多看客，一面拍手叫好，一面仰着头等莹润的珍珠
从百余丈高的天桥争先恐后蹦下来

海　子

唯有蓝，可以形容肌肤之下
沸腾的血液。白鹤飞过，变蓝了；野鸭游过，变蓝了
卓玛握着蓝色的长发轻轻一甩。路过的人
便多出一个蓝色的梦

麦冬寺的喇嘛

撩开云朵，雨水并不耽搁一种红
变得深刻。熟悉每一尊佛像
就像熟悉自己的掌纹，每一幅唐卡都是他们青春的佐证
我知道他们的内心
是禁地，就像知道一场雨水，不是他们
唯一的天空

若尔盖的山

像是遗忘了其他季节，每座山峰
都白得心无旁骛
真想摘下它们的白帽子戴在头顶。这一刻我略去姓氏
你若唤我，或曰：小白

雪落红原

一定要相信，有些花朵是会飞的
羊群不能阻止，游客不能阻止，神灵，也不能
那夜没有月光，偶尔飞临诗行的雪花
发着高烧
体温足有一千度

川主寺外

比起可可西里的藏羚羊
这里的牦牛多了几分从容。川主寺外，俯冲的鹰
看见黑礼服的绅士们正横穿公路
高傲是一样的
孤芳自赏，也是一样的

九曲黄河第一湾

第十八次将自己折弯
但脊梁是笔直的。黄河源头，血性和气节
是一对黄皮肤的孪生子。高原上的风，夜夜吟唱《黄河谣》

听过的人

夜夜不成眠

日干禾草甸

乌鸦飞倦了，苍鹰也飞倦了

电线上栖满了心怀远方的音符。落日熔金。

牛羊熔金。麻雀熔金。

一个人来了，一个人走。在日干禾草甸，最抒情的方式

就是一个人

静静地往身上贴满金叶子

班佑村

我愿意相信，帐篷上飞临的不是雪片

而是冰啤溢出的酒花；我愿意相信，歌词里的扎西

正用热情的笑容

将零下八度的村庄融化

松洲城楼

千年的风吹动寂静

吹动冷兵器封印的满腔热情。将军，堤坝坍塌

已没有迁怒一只蚂蚁的必要。将军，城门深锁

就在今夜

我们覆舟

雪宝鼎

多少纯白的哈达，才够织一条圣洁的头纱

怎样虔诚的膜拜，才能安抚你内心的风暴

光环之下，谁在用滚烫的唇

吻醒你的荒凉

黄　龙

它有通天的本领，它摘取瑶台仙镜

乘着五彩流韵，这些风华正茂的镜子于龙脊之上

击节踏歌。歌词略去了群山密林间，

它曾葬下

一段傲骨

平武小河营

于草木深处，采下最后一朵桃花

暮年更宜心宽

就像真正的隐士，回忆录里守着小桥流水

平静地看一场露天电影。不谈血染的风采，也不提郁郁

不得志

聊以纪念（组诗）

失约

梅未开，雪也没能如期而至
小巷的心率，被路过的风一再扰乱
一棵树在窗前铺开想念
每一片叶子都拒绝眺望
它们低垂的眼神，与旷野的芦苇有着相似的空洞

陶瓶

因为珍视，把它奉在高处
原谅我身处事件，看不清水和泥坯说出的爱
有多孱弱。我的制陶者
你看瓶口被时光捏碎，我怕它空有一颗完整的心
兜不住破绽百出的生活

玫 瑰

从不说爱的人，也曾附庸风雅

捧过炽烈的橙玫瑰，也抱过神秘的紫玫瑰

后来，他不再与玫瑰有染

他垦荒，在心里搭建园子，种下豆角，莴笋，小油菜

卡 片

必须用自我催眠来对抗分离

说起上邪，也说起蒲草与磐石。当月光树

长满绿色的耳朵

一个句子也能撑起单调的天空。我们是两块迷路的磁石

为了弥合

在绝望中反复摸索

巧克力

左边童话城堡，右边水晶之心

来，把我宠坏。让我握紧来不及燃烧的卡路里

胖着，甜着，腻歪着

我要作勇敢的巧克力，沿着热情的深渊

一路滑下去

鱼　缸

困在空空的城池，辜负的温柔
足够溺死一片海
拽着纤细的水草，同棱角模糊的卵石谈完孤独
又谈理想。惶恐滑进鱼缸，又一点点
咽回肚里

删

整个下午，她一直在写
写到故土，乡愁就近了；写到理想，梦就碎了
她不敢写到爱。她删除
让尾鳍忘记水域，让翅膀忘记天空
让信徒
忘记十字

银耳羹

召集冰糖，百合，银耳，红枣，枸杞，醪糟
召集围裙，召集烟火

灶台上，甜蜜派对即将开场

院落打扫了三次。黄叶吹落了三次。时光加热了三次。

门环始终无人叩响

第二辑 风与风摩擦，产生的空

瑜　伽

冥想中，一个人
可以是飞鸟，也可以是云朵
是天空的任意一部分

使我惊诧的是，生活也是修习的高手
它折弯自己的弧度
远远胜于一个人的身体和内心
所能抵达的极致

想 念

可以是草莓，葡萄，芒果
也可以是霜后的柿子

而说起浅秋
脑海总是无端闪过老屋的核桃树

这让满枝核桃无所适从
以至于突然恨起自己的坚硬来

你听见了吗

风不羁的歌声，雨不住的哭诉
花朵无罪的辩词，鸟儿纤细的对白，露珠的闪烁其词
树木体内钟表的嘀嗒

还有河流
它一再主张的委曲求全

花 事

风吹落一朵，又吹开另一朵
它喜欢看着开在枝头的花儿，又在地上
重新开一遍

整个下午，我都坐在树下发呆
时光和风一样，它看不见我，看不见我

太小了

绿荚里的豌豆太小了

山坡上的紫花地丁太小了

蒲公英的降落伞太小了

青蛙眼里的天空太小了

我站在地图上哭泣，声音太小了

原谅我爱着你，心眼太小了

渔歌子

流水还是选择了骂名
留给桃花猜不透的背影和饮不尽的恨意
鳜鱼瘦了
鳜鱼肥了
鳜鱼不识愁滋味
只因爱不够这铺天盖地的绿，白鹭舍不得合拢翅膀
山前山后，扑棱棱地飞

蜜　蜂

我拥有过蜜糖生活
拔掉毒针后，我是绝对的顺民

我寡言，在黑暗里无法
轻易入眠
我默念不惧怕死亡，却总忍不住
把头探向春天

虫 草

两个始终躲不开宿命纠缠的人
在同一科属，必定有相似的气味和秉性

不爱的时候，是两株背靠背的夏草
爱的时候，是拼命挪往一处的冬虫

一朵油菜花

怀抱十字，与蜜蜂

交头接耳。说出的爱，构成甜蜜的骗局

这黄金的誓言

如此动听

整个春天都蒙在鼓里

你若听见，一定要假装相信

疯 画

别拦我。我保证不割耳
只想痛快地发发疯。我要画的花朵
也是向日葵

一次性画足一万朵
任它们站着，蹲着，躺着，微笑也可，哭泣也可
最后我把自己画成雪人
用泪的火焰
把它们依次点燃，对那些金色的骸骨说——

带我走
我已耗尽我的爱

仪 琳

这一生
应是晨钟敲罢暮鼓，青灯映照经文

哥哥，是我的错
错把一串念珠，捻出了人间烟火

桂

我闲闲地翻书，风闲闲地吹

桂花闲闲地落，落，落

芬芳安谧

我熟悉这样的气息

多年前，母亲掌心漏下金色的小米

伤别离

我祈愿所有马匹都跛脚，所有杨柳
都抽不出像样的绿枝
灌满冷空气后，旧瓶子再也装不下暖身的新酒

我在半阕古词里瘦了又瘦。我攥紧一粒纽扣
不撒手

深秋，一只蓝蝶

更多时候，我是安静的
喜欢迎着夕光，一遍遍点数金色的胎记
我笃定
这是与你相认的凭据

而紫花地丁的头颅正一点点低过尘埃
无边的衰草已堆到眼前
为何不肯慢一些。压箱底的蓝色襦裙，我还来不及
穿给你看

小火车的春天

你为我备好三千疆土
上好爱的发条。我怀揣小波浪和小涟漪
哒哒出发

遇到对的人，就没心没肺地笑

青苹果

在一个青苹果里，我咬到了
童年的小指头，它笑着说甜的时候
雨一直下

前　缘

作为事件的证物，我们坠入

同一片时光森林

宿命的野风中，我们无数次相顾，无数次沉默

为唤醒休眠的火山

我耗尽热络

原谅我，木石之盟只是传说

这一世，你是冷却的熔岩，我是一块木炭

沙　粒

慌乱不是我落下的

自责和遗憾

也不是。作为最小的一粒

我保持着洁净和硬朗，就算失去了住进蚌壳

磨砺成珍珠的机会

也不气馁

我依然有对海水说不的勇气

依然敢于搭乘一阵风

恶作剧地降落在一个人的眼眶，让他揉也不是

不揉

也不是

此 山

此山空旷。晴也一日，雨也一日
流泉与飞瀑皆有以身赴死之举，辨不清谁比谁壮烈
偶遇飞雪
或应远其美而悯其痛

山中有庙宇，僧侣常有而隐者无多
云朵无旁骛
反复洗濯以独善其身

清风去来，不过随性所至
明月闲闲地，淡淡地，照或者不照。身在此山
我看不见我

涟漪

有时候，天蓝得不像话
云白得也不像话
怕你在湖水中认出我，所以我安分得不像话

其实很想妖孽一些
不兴观群怨，只兴风作浪

你知道我从不讨好风，若你提及荡漾，我愿意
亲手制造风

纸月亮

你会不会耳根发热呢
真的，不知道该责怪谁时
只好迁怒于你
在纸上画一个你
指着你骂，骂你疯，骂你破，还骂你旧

任由你一路瘦下去
瘦成弯钩
还是忍不住捧着你的脸说：来吧
来救我

朵　语

受洗之前，世界是混沌的
一步步攀上叶梯，而云层同样黯然
如何从黑白灰构建的语言体系
进入澄澈之境
困惑，被风声反复碰落

而此时，时间之门一瓣瓣推开
舒缓的节奏令她深陷

她试着放下身段，忽略事物之间模糊的边界
亮起体内小小灯盏
与昆虫对话，练习自然发声

如你所见，涉过层层迷雾
她得到一朵婴儿的微笑，用于吻醒晨曦

寒 窑

一个人扮完海角，还要扮天涯
漫天飞雪，只道是眼里飞出的碎盐

好容颜被大把时光毁损
一个人从不流泪。咬碎的牙，就着凉水
往肚里咽

一张描金雕花木床

官能还在，高贵的血统还在
话语权被没收，被臆想者篡改了一千次

它小心翼翼保养皮肤
它看着亮瓦透下的灰尘发呆

被别人的生死离别牵制一生
它恨自己——
为什么总想起描金的骨头，盛开过妩媚的花朵
为什么总在春天，抬起哭肿的眼睛

空　杯

翻拣半生的记忆，微醺也好，酩酊也罢
都与水有关，且盐分多过糖分

剩下的时间用于装盛倒置的蓝天白云，风与风摩擦
产生的空

芦 苇

每一朵都护着各自的梦
蠢蠢欲动
只有自己知道，要多长时间才能备好这场茫茫大雪

而风，还是来了
飘飞或摇晃因此扑朔迷离，而顺从
是本分

为此，它们要忍住绝望，还要咽下一簇簇
审度的目光

别　后

时间蒙尘，角落里布满蛛网
梦在梦中凋零
努力按下内心的波澜
墨色踌躇，不知如何为突如其来的离别作序

想扮成路人甲
想被善良的镜子催眠

信笺如此空旷。撩开春的窗帘，越堆越厚的乌云
正一点点掏空自己

三朵蒲公英

从三个方向举起火把
灿烂是相同的。火焰细碎，丝绸一样柔软

它们面朝天空
嘴角上扬
小小的身体，攒满了倔强的光芒

那个长久凝视它们的人
一定也有这般干净明媚的笑容，梦是安静的蓝
要多圆满，有多圆满

匆　匆

只一夜，香气消弭
花朵失踪。阳光下，每一片叶子都令人生疑

你说昨日繁花错生于他人梦境
你说有多欢喜就有多惋惜

我们小心翼翼留下的痕迹
终将在某个路口，被一阵来历不明的风
轻轻擦去

夜 雨

为了驱寒，孤绝的呐喊
可以再肆无忌惮些

如果还冷
就请入住我的泪腺。我空出怀抱，坐拥弱水三千
教每一滴，变咸

笺

信封里的花朵像罂粟
有着可疑的红
我捧起它，却不敢在流星划过时许下春天

我的信笺是白色的
没有称呼
也没有内容，多么像一个空荡荡的梦

六岁的小红靴在雨中踩着水花
看起来多么轻盈。陪我去找回邮地址吧——
亲爱的影子

若 兮

也幻想拥有草质的骨头，依附月亮的肉身
按捺内心的火焰，和你一同破着，野着，冷着，旧着

出于对云朵，棉花，蝴蝶和穗状物的偏袒
我拒绝瓷片，生铁，钻子，戈，却从摩擦和切割的疼痛
获得温暖和勇气
多么矛盾——
我拒绝解药，却渴望得到缓解

不徐不疾的叙述将我引至岁月深处
质朴中有不动声色的恻隐，偶尔动荡，却足够明亮

我愿意在雨天
被章节里那些漫不经心的句子淋透——
绿绿的，翠翠的，野野的。我愿意一边阅读一边等待
烟花三月
两个纤细的音节

秋到分时

檀木箱里住着一群陈年之爱

浮动的暗香不说话，它们时而听秋

时而安睡

小说家

为构思人间烟火，我时常
游离于烟火之外。写完这一章，我就老了

我让女主角为我殉情
把等身的旧纸堆，当作墓志铭

四壁说

半生疲于奔命，挣回一座空城

是我的错，偶尔面壁，并不思过
无聊时听它们用唇语谈论风，或拆下墙上的砖头来
数一数

稻草人

衣着光鲜，举止得体
为麻雀掉过眼泪后，我成为情圣
跟花朵插科打诨
游刃有余。我愿意为你交付一切，除了爱你

你知道
我是空心人

秋　池

池堰枯槁，旱情急
我在巴山点红烛，祈夜雨，我派遣秋水三千
横波一点

你到底来不来
仔细水涨，水不渡

红布条

有时把它拴在腰间，系活套
有时把它绑在脖颈，打死结

偶尔也把它挂在枝头，任凭风吹来去
招来喜鹊
或者乌鸦

盘 点

渐远的青春，无用的挂念，兜兜转转的宿命
深一笔，浅一笔，都刻在年轮里

他坐在树桩上，狠狠嘬一口劣质烟，想起衣锦还乡
忍不住剧烈咳嗽起来

过山门

佛堂内，蒲团乃唯一圆满之物
小沙弥敲木鱼，诵经文

一年又一年
青灯挑断时光的脉络。山门外，一地桃花

莫吉托之夜

冰层间，青柠蓬勃，薄荷叶腰肢舒展
在小夜曲里缓缓游弋

变奏。音域急转直下
重金属点燃热情的火簇

微醺约等于微幸福
除了在云端做梦，没有其他理想，我愿意相信
就连沉船也有不被打捞的夙愿

为此，它或将隐匿绿光
在海的怀抱，沦陷得更为彻底

与画同名 (组诗)

阿廖努什卡

月光围过来，蛙鸣围过来

整片树林围过来

水草是最细小的音符，在四月的风里浅醉

打马而来的人，从一朵野蔷薇的梦里

听见春天

正静静发芽

月　夜

只有池塘的水莲花

记得那夜

月亮发出过婴儿皮肤般柔软的光

送信的蜗牛从一根忍冬藤出发。它那么努力

仿佛

能爬过三十年的时差

情　书

词语飞倦了，在一页花笺
收拢绿翅膀，粉翅膀，蓝翅膀
对着两汪深潭说罢相思
又诉闲愁。小鹿被热情的火焰困在一个人心里
它有些慌乱
却并不想突围

盲　女

描述中，她摸索着
攀上青草搭起的梯子，阳光献出恩慈
她飞起来——
翅膀将天空的蓝玻璃擦得透亮
彩虹为她盛开一次又一次
多好
当手风琴唱出赞美诗，她还能和头巾上的小蝴蝶
旋动火焰的裙袂

水中的奥菲莉亚

梦还没做完，花环也来不及献出
她甚至无法阻止汹涌的泪水，让内心的溪流
渐渐变咸。树枝断裂
歌声没有断裂
当绿色的阳光吻遍纱裙
她笃信自己是一株水生植物

白日梦

她喜欢住到一棵树上，呼吸植物的香
灵魂越来越轻
比风中的枝蔓还要柔软
诗卷翻到一半
她停下来，在一旁倨傲地打量——
对于美，她始终有自己的坚持，她担心眼中的世界
并不比一棵树的心辽阔

柯莱泰

绝望的头颅高悬

展开双翼，留不住远去的背影

她用翅膀上滴落的血珠

喂养金黄的蛊毒。那个搬动万丈热情的人并不知道

一瓣葵花卑微的光芒

也可以

比太阳更烫

牧羊女

羊群朝着青草和甘泉的方向

缓缓挪移。她摘取最鲜嫩的词语，为隆冬的暮晚

编织花朵

她合十，祷告

秘密被小木棍一笔一画，走漏了风声

筛麦妇

筛去灰尘，择出时间的暗影

和芒刺。麦粒在阳光中

渐渐显露金子的光泽。这些低处的图腾啊

这一生

她只向它们屈膝

第三辑

偶然中的偶然

山 行

脚步是虚空的，石梯是真实的
愿望具体到半截枯枝
一根葛藤。累了，席地而坐，喘息和凉意，也是真实的

垂荫蔽日。松针纵有锥心之痛
终究泥土最懂。我只是坐着，任它山外叠山
一重，又一重

鬼针草

都是不知不觉的。爱上你
跟着你。一路卸下闪烁在绿时光中
矜持的白星星
骄傲的黄星星

直至记忆之城彻底清空，包括故乡和身世
那些为你改变向度的箭镞
去除坏脾气后，只剩下用途单一的
小心眼

那么多的蓝

我偷偷写着，已经很久了
你看过我写的天空和大海吗？偶尔走笔
也写到草原
一门心思惦着草丛里
碎碎念的婆婆纳

我避世，幽居，变成色盲，只识蓝

忽而早春

春韭疯长。爱美的小青瓦
还是喜欢蹲在水边照镜子。小谣曲在风里
轻轻地飘。小囡囡离开摇篮，不知作了谁家新妇

桃花就要开了
小蝌蚪，已长出后腿

荷　塘

荷塘的低音区，观花人跌跌撞撞
他坚信简约即美。他取消游鱼，蜻蜓，竖琴上
来回浮动的月光

他独独留下风
留下一场私藏薄荷的好梦，几瓣羞怯探看的粉红

锈

暮色涌动。你的杯子
泛起黑暗之水
漫过钟表，漫过爬满青藤与蔷薇的城

无数次剥开硬壳，向柔若无骨的事物
逐一投放艳羡的目光
而我未经锻打，是一块把不痛、不哭误读为坚强的铁块

灼灼刀锋皆入梦，技艺精湛的铁匠
没完没了，拉扯杜撰的风箱，烈焰在熔炉中嘶吼
终于化了——
一摊盐分偏重的水

时钟从不踌躇。从记忆的废墟爬出
我瞥见自己浑身锈迹

山　中

暮色里，松针在露滴中明灭
虫子开始弹奏
石头学不会开口说话
想起远行的故人，就把月光撸下一把来
揣在心上

仿　佛

是不是所有桃花，终将辜负
泪水的灌溉

在一首诗的第一行
我写下"然后"
仿佛你不是误闯镜头的他山之石
不是画蛇添足的蹩脚戏份，仿佛我们曾共攀峭壁
同游沧海

仿佛我们已抑扬顿挫
仿佛我们将起承转合

故乡之远

多少熟悉的植物在他乡
更名换姓
与根须有关的片断呈絮状，这些蒲公英的种子
微渺飘忽，萍踪难定

际遇枝枝蔓蔓，于红尘布下巨大的网
有人钩挂攀缘，游刃有余
有人试着在今我故我间自如穿梭，每每从一个空洞
跌入另一个

秋压在心头，远山薄成幻觉
无计可消的一群抱团仰望。作为解药，月亮治标
不治本

悲　伤

一只光洁的苹果无法替我

完成隐喻

记忆生锈之前，我是你故意忘记密码的锁

所有的钟表都停止转动

而雪在飞

苍白的羽毛一些落在地上，一些落在心里

那是同一个悲伤

我触到的凉，和你一样

而雨没有停

那仅仅是一次意外吧
芬芳散尽的蔷薇，已不再为某个句子轻易战栗
纵使它
被抹上蜜糖，搭在紧绷的弦上

而雨没有停。
它忙于制造喧哗，从而忽略诸多安谧风景

焚烧正在发生，疯狂舞蹈的不是书信
那是褪色的青春
是岁月深处极致绚烂的瞬间
绝望随暮色加深。雨中吻火的人，在火中落泪

而雨没有停。
这首单向循环的歌，神情冷峻，又执着

普渡桥

它捧着善意的名字，在这里
或者那里。我打桥上经过，遇见你是偶然
桥那么窄
相视一笑是必然
错身之后，不约而同的回眸
则是偶然

会有千百个我，遇见
千百个你
那千百座窄窄的桥，都叫普渡吗
俯仰之间，云朵神色黯淡
化雨是必然。雨珠几经离散，在一朵新云里
重逢
是偶然中的偶然

死亡公寓

同一个屋檐下，你耳中的鸟鸣和我是一致的
无须交换眼神
我们不约而同屏蔽了弦外之音
空气是沉闷的。灰尘很厚，不在餐桌，沙发，眠床
不在
我们的视线里

最初的蓝图
锁进破旧的檀木箱。我们搭伙为谷米稻粱出谋划策
打造黄金的真身
在年轮的九曲回肠，我们兜兜转转
找不到出路；在时代的迷走神经，我们紧握高效麻醉剂
倒戈相向
也曾发出过呐喊
却被优质的隔音玻璃悉数驳回

乐声落，群鸦起
多么像一场奢华盛宴的优雅前奏

而玻璃缸里游来游去的鱼

充耳不闻

它们在直径以厘米计的相对自由里，音符般循环往复

作为最小的智者

它们深知这座年久失修的公寓，不过是一具

透明的棺椁

葵花小镇

看似安静的小镇

所有事物都被风锤炼成黄金，葵花怀揣野心

将属于太阳的词汇圈入栅栏

葵花小镇，旋转持续发生

光阴的碎片里

究竟收藏着多少毫无意义的等待

那个乘火车抵达的人，掏出光芒微弱的热情

抵销盘缠

如你所料，他将携带命定的辜负

作别小镇

情 书

适合发生在冬天，邮箱是红色的
地址陈旧，却不曾废弃。单车后座堆满孤寂
而铃铛
依然耳聪目明

适合用很纯的蓝
很细的笔尖，很白的信纸。书写时，节奏要缓慢一点
阅读时，声线要忧伤一点

置景对比要强烈一点
窗外飘满雪花，而心里，住着火焰

听　说

听说了湖泊的抑郁症，也听说了
天空的缥缈病
桃花还是蓓蕾，它在梦中翻了个身，抖落的露珠
只来得及完成一声叹息

后来，那满坡的烽火啊
流泪的鱼没见过，一边飞翔一边擦去痕迹的鸟
也没见过

钩

乔装之后。诱惑进入更幽谧处
尾鳍抖擞，托着漂浮的魂灵
亲近水波
它们耽于自由之梦，从而忽略来自岸滩的长久注视

池中可供上演的戏码，风光从来不是主线
我始终相信真相错生青面獠牙

而鱼竿是古老浮桥。风来时，鱼钩恍惚。温水里的青蛙
听见了爱的颂歌

母 亲

她不是最会酿蜜的
但一年四季
她给我的，永远是最极致的甜

饮下热腾腾的姜糖水
这微辣的蜜汁啊
昨晚，我的咳嗽声压得那么低
还是被她听见

她曾是从未被阳光
眷顾的野蔷薇。那一年她变成蜜蜂
再没有
合拢翅膀

沉疴

1

我爱着你。这病症
始于某个不同寻常的冬天。我忍住咳嗽
捂着耳朵
从你家门环摘走一串铃铛
该死，不期而至的雪花，每一朵
都被我误会

2

多么幸运。不必蜷在门外思念烤鹅
思念圣诞树上
亮闪闪的星星和糖果
被密不透风的四壁收留，数着莫须有的羊群解闷
存放在冷冻格的坏心情，也不会被察觉

3

犹豫着，火柴还是燃了。它小心翼翼
挪向火炉，却被你内心强大的气流撞得歪歪斜斜
它习惯于闪烁其词
却在熄灭的那一瞬，变得笃定

4

再自然不过了。花开，然后零落
被爱，然后被遗忘
多么希望一颗与众不同的种子
代替我，在你内心爆裂，声音细小，但是决绝

5

你步步为营。一滴泪
并不能令你心神不宁。我拽不住你的狐狸尾巴
事实上，除了泪滴中的盐分，没有什么
是我能确定的

6

可以随心所欲篡改的
一定可以轻描淡写翻过去。我还在捧着那串铃铛发愣
陈旧的皮囊里，病症还在与膏肓耳鬓厮磨
不觉春天
已到眼前

旅 途

写到火车，湖面正好有风经过

雨水接踵而至

屏蔽掉铁轨被碾压的声音

狭小的车厢里，开在信笺的花朵，在指尖重开一遍

远方还未抵达，已有什么在悄悄融化

窗外风景都错过，我呈上一座秘密的花园

空蜜罐

脚下，湖水是蓝的
也是咸的
那道背影离开湖畔，成为模糊的谜团

是谁摘下木棉，又把她抛在风中
单薄的线衫
漏洞百出。我抱着空空的蜜罐，拒绝想起蛀牙

而一波接一波的疼痛，是逐渐加重的
副作用

反　对

反对。反对。首先反对

你的牙刷、脸盆、拖鞋、眼镜、钢笔、挎包

反对它们堂而皇之与你朝夕相伴

反对你酗酒，夜游

就着遍野的柴垛，四处点燃疯狂的火焰

反对秋天的月亮

你甘愿为它交付眼底全部的柔软

反对巍巍青山

反对悠悠碧水

反对云朵、麻雀、蜀葵

反对石子、苔藓、蚂蚁。你的注意力，被它们悉数分散

反对檐前的细雨，你又多看了它一眼

反对狄金森

你给她的热情多过辛波斯卡

反对你种在诗句的丁香，反对它们不以我作蓝本

仍出落得楚楚动人

反对你的通讯地址，反对你的生辰八字
反对我的心

漂

鸬鹚飞离，湖面开始起雾
作为一幅水墨长卷的眼睛，你驾小船而来
船瘦弱如弓
你是那根紧绷的弦

那人忽而无比靠近，忽而无比疏远
有时你迁怒于鱼
有时你伤害自己

船舷看云，船舱听雨
你总是静静的
那人并不能替你守住微笑，但你从不让滚烫的音符
跌落湖水

大雾散去。满眼芦叶没有一片比你更绿
满眼芦花没有一朵比你更白

你从未生出登陆的念头

船就是你的岸，你的过去，现在与未来

你忍受飘摇

忍受颠簸，最终成为船的一部分

收件人不详

她在悬崖边写深渊里写

她在醉里写梦里写，她蹙着眉写噙着泪写

她不管季节更替

她不顾换了人间

她一路匍匐一路写，她一路绝望一路写

她撕碎了花笺她在空中造雪

她撕碎了自己她乘烈焰回家

她守着漫漫冬夜，等一封春天的回信

迷 途

尘世太黑了。一盏灯不够

两盏灯不够

冬天太冷了，一件寒衣不够，两件寒衣不够

野百合那么白，还不够

她用水洗，用泪洗用血洗，她想把自己

洗得更白

她越洗，越薄

她看着金鱼抱紧湖水

兜兜转转

她看着小小的雪球，在白棉被上拓土开疆

昨夜的雨

它倒出所有的豆子，急于敲破沉默的黑锅
同样努力的还有对面楼
嗓音尖利的女人
她正跟男人谈及家产分割。相看两厌的鸟儿
终于各自投林

倾斜的天平在风的摇撼中稳住身形
门虚掩着
我的脚步被道德的墙壁隔开
雨帘密集。铁树搬来凳子，坐等昙花一现

整夜不闻更漏。深秋的围巾上
你精心种下的星星
泛着冷光。空阶护送一条河流，奔向天明

时　态

那时
我们用同一个形骸呼吸
把理想写遍山川，锦缎，花朵和簇新的日历
像爱惜玻璃那样小心翼翼

后来
我们在同一个杯盏啜饮
看着相互赠予的柴薪，变成烽火，化为灰烬
最后被一阵莫名的秋风吹散

再后来
我们抱着同一个病症哭泣
各怀心事，对着镜子撒谎，用大大小小的秘密
填补时光的漏洞

现在
我们仍在同一张蓝图展望
并对它身上的斑驳锈迹置若罔闻，睁一只眼
闭一只眼

牡　丹

还不曾细细理妆

便已摄取了荡漾在春天的大部分魂魄

太香艳了

一个眼神就能让半壁江山

花粉过敏，一个喷嚏

就能让整座王朝颠簸马背

高屋建瓴。第一片瓦没能做到

明哲保身，接下来

哗啦啦的脆响

在历史的回音壁此起彼伏

有人唱罢衰草寒烟，胡乱裹一床大红缎面

宿醉

梦回大唐

后　来

读你读过的诗句，走你走过的路
唱你唱过的歌
爱上烈日与风撑起的盛夏，爱上云端漫步，爱上飞

纯棉的身段，已软到极致
只是那微弱的萤火遥不可及。我将如何绕过茶汤里
为文火煎熬
身负重伤的茉莉

致青春

不是香樟，就一定是银杏
树下一定有踟蹰的板鞋，羞涩的裙摆
有白衣，飘飘

小字红笺，写不尽往事葱茏
树洞里有多少秘密，心底便有多少隐痛与欢愉

来临与消逝从不止息
风声飒飒，时间裹挟着迷人而伤感的香气
匆匆而去

孤单芭比

雨水一路踩着鼓点，赶走了星星
我看见你了
把头埋在膝盖间，目光涣散的你，心不在焉的你

蝴蝶找花去了，蒲公英找家去了
去去，都散了吧。空旷也好，热闹也罢
舞台始终是你的

你唱歌给我听好不好
你跳舞给我看好不好。好不好好不好
独角戏里。我搬来一把座椅，陪你啜泣，陪你破涕

新　鲜

时光在沙漏里歌唱
音量节制。我的好奇绕过蛛网
倒挂在
嫩芽初绽的树枝

星星，春风，羊群……
绿光森林里，它们都是新的，契合任何荒芜的心灵

而我有海洋之蓝
刚好对世界形成温暖的包容

云岩寺

担心踩碎檀木和桂释放的香气
越是靠近
脚步放得越轻

比起香炉和蒲团
我更愿意让几枝懒梳妆的睡莲作陪
四方的天井里
一群想脱俗的俗人，饮毛峰，改歌词，谈诗论道
畅想与一座寺院可能续写的尘缘
钟声荡远

青苔望向天空
细雨携着落花，轻轻叩击飞瓦

钉　子

命运的残章断篇里，它空有
免受制度打磨的头颅，楔在哪里，都不合时宜

暮色统治白昼
一颗钉子的奋斗史变得可疑

夕光里沽酒的人，冷冷看着装过蛇影的杯子
如何博取一张弓的信任

烟灰蓝

1

蓝被子蓝床单
蓝枕套蓝灯罩。静静的海面，两条本无交集的小船
各怀心事，并肩停泊

当白帆捧起月光丝绒般的脸庞
蒲公英便派出年轻的伞兵，一小朵一小朵，轻轻挠着
心上的礁石

2

谁来戳穿茶几上不安分的橘子
酿造的甜蜜谎言
紧拥含蓄的深秋，献出吻合你全部想象的绿

反复催眠自己的是我

蒙着被子哭泣的是我
拿枕头扔你的也是我

房间里开始下雪——
错爱火焰的雪，茫然无措的雪，借酒消愁的雪
摈弃叙事
只一味抒情的雪

3

荧屏上每帧画面都心不在焉
说起假日的罗马城，自由的广场鸽
阳光下十指相扣的小幸福
合欢一样柔软
木棉一样灿烂

而命运是天性咨意的狗血剧导演
你从残破的廊桥拾起一盒火柴，借着微光艰难寻回
契合的肋骨
又不得不抛在身后

种星星

多么艰难。我只能走一步
退三步
若被逼到墙角，就仰头，种一颗星星在天空
漫天繁星时而啜泣，时而交谈
它们那么亲近
它们那么疏远

习　惯

这些年，我已习惯守着一株桃树
看着它发新芽，开红花，和东风枝枝蔓蔓
说肉麻的情话

这些年，我已习惯与爱情撇清关系
泥是泥，水是水，在玻璃的正反面各自安好
偶尔顺应剧情，十指相偎

这些年，我已习惯守着一株桃树
看着它发新芽，开红花，间或几枚眸光被风声碰落
停在鞋面
也看不见脚

听 海

湛蓝。腥湿。盐粒。潮声。

捡起时间的碎片，拦下奋不顾身的鸥鸟和鱼群
能找回的，只有这些了

我站在水中央
翻手，覆手，再也倒腾不出一个决心

隐

我曾困在漫无边际的荒芜里杜撰春天

也曾身披荆棘

在刀尖上一次次触摸那些花样翻新的活着与死去

而现在，我从众花中撤离

你不必讶异

我要彻底慢下来，在一盏茶的倒影里与夕阳相亲

让眼神与眼神产生联系

殇

在梦魇中自戕。痛醒过，哭醒过
蜷身。皱眉。
此时他多像个婴孩，伸手抓不住任何稻草的婴孩

更多时候，他面无表情
一颗黑色的钉子，牢牢钉在他的专属修罗场——
暗潮涌动的街头
逼仄的巷尾，低矮的店铺，杂乱的仓库

眼前放大过太多惊恐的脸
求饶的脸，仇恨的脸。晦暗的天空下，他背负无数污点
他偶尔弯腰
轻轻擦去溅在鞋上的泪水和血渍

灯亮起来。燃灯人向他递出宽宥的浮木，隐忍的怀抱
大朵罂粟蓬勃怒放
梦里，他睡相安稳，嘴角上扬

在局中，他是提线木偶，棋子，凶器

燃灯人说走就走。撤去浮木，收回怀抱，吹灭灯盏

他缓缓套上线衫

蜷身。舒眉。

此时他多像个婴孩，贪念短暂温暖

仿若贪恋妈妈子宫的婴孩

而废墟在迫近。荒野压下来，更深的黑

压下来

爱的时间史（组诗）

倒　带

寒意渗进座钟的摆锤

表针拨开深雪

黑白胶带开始转动，樱桃核在腹中萌芽

忽而长叶

忽而开花

忽而结果

她一边回忆，一边揉揉泛酸的鼻梁

疼　痛

年轮上烙印清晰

被一根断掉的鸡毛掸子打懵了的五岁

被一记响亮的耳光打醒了的十五岁

她知道，疼痛的那个人，其实不是她，忏悔的那个

才是

呈 现

更早前，蜜罐子就已打翻

精于钻营的蚂蚁，搬走了浓稠的蜜汁

起初是藏在背篼的书籍

接下来药铺和老屋，后来扁担，锄头，连枷

三把拼在一起的算盘……

再后来，钢笔画笔粉笔

烟熏火燎的窄巷子。长长的井绳。台灯下的书信。

隐忍的泪光。

徒 劳

两股角力在同一个信仰里暗中较劲

一个忙于撕裂

一个忙于缝补

生活与母亲，谁也不肯服软。笑纹从浮光中漾过来

若有，若无

无 措

一千种感恩的方式

一千种轻

她望望乌鸦，又望望羔羊

唇齿被时光胶带牢牢黏住，发不出声音

祈 愿

忍不住自己的贪念

想再枕一回那温暖的臂弯

忍不住想要梦见和挽留的，不过是一朵康乃馨

绽放时

全部的光芒

第四辑

春水喧哗，是后来的事

一些雪

一些雪酝酿，一些雪铺呈，一些雪删除

一些雪抱团取暖
一些雪郁郁寡欢

一些雪饮醉，一些雪思考，一些雪落泪，一些雪燃烧

一些雪捧出微笑，走下高坛
一些雪回望苍穹，与神对话

一些雪替代一些雪，一些雪埋葬一些雪

花忆前身

或许是一枝独秀的，或许是
平分秋色的
或许是荣光的骄傲的，或许是孤单的落寞的

而现在，我只能妥协于宿命
任由十个我
在一张白纸前落座：笑我，哭我，夸我，骂我
在各自的记忆里
打捞我，指认我，还原我

拼出了花瓣，漏掉了花蕊
拼出了花萼，漏掉了花托
纸张越来越薄，如何载着潦草身影，驶回那年春天——
枝正繁，花正红

甜

从枕头下摸索出
一块巧克力，剥开四边形的糖纸
哦，夜色般浓稠的巧克力，她服食它
以证明
她，是甜的

死 当

囊中空空，再也掏不出新意
这些年
一次次苦笑着前后脚走出的你，我，他
究竟兑换了什么

风景仍在别处
我们发现风景仍在别处

而当铺已改朝换代——
梅兰竹菊，琴棋书画，心肝脾肺
孝悌忠信……

这些光芒四射的死当
多少次，我们捧着足以赎回它们的资本
从梦中哭醒

时　间

春水喧哗是后来的事
这满地碎雪
煎茶亦可，煮酒亦可，酿蜜亦可

樱桃树下，肉身的矮房屋等待修缮
灵魂的旧衣衫还需缝补
力所能及，无非遗忘柔软的南风，放生多情的月亮
打翻忠贞的镜子

碎雪满地，一碰
就化了。春水喧哗，是后来的事

花 朵

更漏隶属古代，白杨树下的马匹
棣棠丛中的促织
也是。慢下来的时光嗓音甜糯，牢牢黏住记忆胶片

顺时针方向，白炽灯照在脸上
光束惨淡。扶起纸上的花朵，从南庄，一路追至东篱

除了花朵，还有什么
值得歌唱；除了花朵，还有什么徒具悲伤

春 汛

必须备上杏花和酒
从梦中，引来庄子家的蝴蝶

嘚嘚——嘚嘚嘚——
浅草呀，你快些长，缠紧穿白衫那人的马蹄
细雨中，我若无其事
听莺婉转
望燕斜飞

柳丝乱纷纷。汹涌。泛滥。
凭它去——

青梅记

满山星星都亮了。谈笑间
更深的春
堆到眼前。秋千再荡高一寸，就可以摸到
绣着软云朵的蓝毛巾

竹马笃笃。不时有几行小楷，摁住心里的小鹿
从三月的书简飞落

青梅煮酒。分明是浅酌啊
那一迭声念叨莫贪杯莫贪杯的少年
还不是撇下半阕新词，一头醉倒在花雾布下的
白色陷阱

在春天

小东风记不住扬蹄的次数
草籽记不住爆裂的次数，花瓣记不住来来回回
涂抹胭脂的次数

胖云朵把天空的蓝脸庞
越亲越软，老死不相往来的人
口风松动

小狐狸

从眉梢到心头，长句也愁
短句也愁，春夜千宗痼疾，皆无良药可医

树下听雨的马匹眼神迷惘
三杯薄酒入喉，头顶的糖灯笼
耳垂滚烫

花影，疏狂。而陷阱湍急。我就要藏不住尾巴了
我必须跳下去

我们谈起梨花

微风起，春水携带皱纹老去
星群在波光中闪烁，那人的心又开始摇摆

空遗恨。老去的，不止流水
那么新鲜的过往
那么洁净的身世
那么自在的梦境
也不过与记忆，白白交换了一副沧桑的皮囊

恨也枉然。把天涯关在门外
捧起悉心投递，又被退回原址的小字。一瓣，又一瓣
她细数
这些白色泪滴，薄薄的
像一个人错托的想念，没有分量

阑　珊

八百里文档，白得多么辽远空旷
在这里安营扎寨，逞霸称王，驾驭汉字战车，垦荒
向西三丈，删掉
向南十步，再删掉

小写意，窗外传来一帘雨声。甚好
大泼墨，箫声递过几匹夜色。勿念

剩下的时间
一半用于犯傻，一半用于犯困
衣橱的蓝裙子莫名地老了，镜中的自己新新地旧了

隔壁辫子长长的柳树姑娘
走出房间，对着平静的湖水扔瓦片，有一搭，没一搭
春意，阑珊

一半的睡眠

无力抗争的，是宿命
就像花盘无法拒绝被落日收编
残余几点黄金
也无法拒绝来路不明的晚风
他柔柔的眼波，他微微的笑意，他轻轻的叹息
远了，远了

那个喜欢栽种葵花的人
正被加深的暮色带走，他留下模糊的侧影
成为田间
拒绝发芽的诗意

遗忘是催眠自己的药剂
我吞服它
拒绝想起那个下半夜，为了读懂最好的月光
曾有一段未完成的睡眠

芦苇荡

风是弹花铺灰心的学徒
他埋头造雪
他把白茫茫的惆怅，弹得到处都是，他说孤独
是一把不称手的小竹弓

红 笺

任他们不朽，任时间生锈
陪你草场牧云，雪原煮酒，屋顶醉望
满眼星星
都是你的温柔

何须白日参商，北斗回南，环游你心脏一周
千山万水
尽可抛在身后

一路向西

风睁着智者的眼
目送牦牛找到甘泉，羔羊找到细皮鞭
秃鹫
找到天葬台

就像转经筒找到朝圣者
就像舍利子
找到佛陀。命数里，万物各求所得，各安其所
我把沉默楔进石头
任青稞酒打磨，酥油灯抛光

亲爱的牧马人。想起你
苍黄的歌声遗世孤悬，我看水不是水
看山
不是山

佳期误

说点儿什么吧

风把黑云朵赶往头顶，说点儿什么吧

隔壁的猫咪

踢翻了院墙上的半张瓦

说点儿什么吧

白花朵和紫花朵忘记自己叫鸳鸯茉莉

背对着背，互相不搭理。说点什么吧，窗前那盏路灯

第一百次

下决心掐灭指间的烟头

说点儿什么吧，爬满葛藤的栅栏

在心上

又升高了一寸

置 景

宫殿前，你放开权杖，我褪下华服

丛林中，你磨石成刀

我卷叶盛露；旷野里，你教唆石头唱歌，我拆下肋骨

击节相和；沙丘旁，你山泉般的吻

止住了我的渴

鬼门关，你刀山回眸

我搅动火海的裙摆，有着焦黄色的温柔

牵牛花架下，你闲翻《枕草子》

偶尔勾起食指

刮一下我的鼻子，我请出五粒青豌豆，刚好从一管绿荚

微微仰头

偏　执

你若是树，我便一门心思做虫子

在你身上凿洞

造一间温暖的屋子

因为妒忌，我向每一片叶子宣战

因为渴，我暴饮春天；因为热爱，在你身边

还是想念

比　喻

可以翻出一千个词语
来形容你
突然打开的翅膀，可以用一千种不舍来挽留你
即将发生的飞翔

我只是不管不顾地撞过去
羽翼下，漫漶的温暖，让我暂时忘却天涯之远
不诉离殇，你静静听

若你是蝴蝶，必是想要飞越沧海的那只
若你是鲲鹏，必是击水三千丈，扶摇九万里的那只

最想你是燕子
我们茅檐烟里，语双双

赴　远

心情如班车外的天空

一时灰，一时蓝。电话里，我一直在说

说羊群，说流水，说时间

我省略的是由颠簸和动荡

产生的不安

是隔着玻璃，我们始终无法涉足，同一个人间

打 铁

罢罢，连抒情也省却吧
月光没了就没了。空气里，衷肠燃尽
两段不肯认输的沉默，像铁匠铺里红眼的小铁匠
使出浑身力气

赌气似的，锻打横亘在他们之间
那些眉眼模糊的浮云

健忘症

我记得核桃树上的苞谷串
茧笼中的老蚕，屋檐下的秋千椅，筐箩里的花布鞋
灶膛的罐罐饭
掌心的野地瓜，马奶番茄和桑泡儿

记得无数个她从山梁背回的晨昏
记得每条通往德阳市中江县双龙镇九龙村四组的路

她全忘了。她总是摸不清
卧室的方位
在住了一辈子的院落，每天无数次地徘徊

菊花茶

想念过的菊花，就在我眼前。想念过的你
就在菊丛跟前

茶水慢慢凉了
除了茶水，还有什么可以续上

你说菊花开了，你一直在说
菊花开了。我知道菊花在山中开过了，菊花在杯中
也开过了

用窗外的雨来描述我们

全世界都听见了

这豆苗般细碎的啜泣。孤单是一样的

对暖的向往也是。山边的野菊，暗夜的灯火

都是离散多年的血亲

随物赋形。愿望具体到一眼泉

一口缸或一个杯子

仅仅是脱离无政府状态，仅仅是一个麻雀大小的祖国

不是没有野心，想清空无色无味的人生

被春天的槐树

或是某朵紫云英收留，裹上花粉

扮作一滴蜜

纵使挫骨扬灰，也想要一个电暖宝

用来掩饰四肢的寒凉，用来遗忘自己是一滴

不知落在哪里的雨

更小的国

我有一个更小的国
蚂蚁蜗牛，芝麻绿豆，菱角浮萍
统统奉我为君。盖因小国太小，疏于纲常礼教
下谕我国臣民，不必
整衣冠
呼万岁
慎言行

泥土搭建的宫殿
我时而匍匐，时而奔跑，时而聆听，时而微笑
我胸怀万顷宠爱，苦于
挥霍不完

葵花朵朵向太阳

书上说，近朱者赤，近光者亮
老师说，葵花朵朵向太阳

教室里的蟹爪兰、昙花、木槿、马蹄莲们
纷纷向葵花取经

喜阴的，暗暗自责
怒放于夜的，耻于出身。为练旋转大法
有的
差点扭断脖子

少年狂

磨掉锈迹。这些意气风发的钉子
带着近乎透明的诚意
奔赴
同一面墙

他们来此
看桃花踏飞雨，春草掩孤冢
看画屏间出入的樵夫与耕者，看青天之上，蜀道之难
看诗
看酒
看你
你还醒着——

为证明千年之前，无数次让自己辨不清今夕何夕的
是诗仙阁或者花间醉
在他们
把自己灌得七荤八素之后

你初衷未改

对着月亮，举起空杯

樱 桃

三月如兔目，四月如鼠耳
亏着。欠着。一棵樱桃树和一树樱桃，迟来的诗篇里
苍凉的名词

绿耳坠那么小，在枝头晃呀晃
他正打包行囊；小眼圈那么红，在枝头望呀望
他已攀上火车
流水为顺从未知的前路
反复弯曲自身，他看不见樱桃树，缓缓流出透明的泪

月光浅浅，消失在来处。种玉兰种蔷薇
种枇杷种石榴，等待暗合想象的光束从枝头结出
他不种樱桃
他的庭院，盛放不下它的美

樱桃长过兔目，樱桃长过鼠耳
樱桃红了，樱桃落了。时间静静啃噬，樱桃树上
两个并排的名字

紫　鹃

子规一声又一声
那是五月，来自竹林的穿堂风低声咳嗽
她褪下红衣衫，扶起细小的美人灯
从此拒绝风
拒绝展开与风有关的联想

年年飞花细雨，年年棋局迷离，年年琴声戚戚
月亮垂下眼睑，血滴串成的珠链散落在屋宇每个角落
美人灯眼神越来越薄

生与死素来共一个方向
美人灯熄灭时，她已无眼泪。芳冢前，衰草返青
红色花朵朝向她席卷而来
子规从这里飞出，歌声泛着喜悦

多年前那个春天，情愫自花苞萌生
她在丛中鲜艳，烂漫，不识愁滋味，不着紫衣衫

厌 倦

灌木丛越长越矮，路越走越窄
调子越起越低，祖国越捂越小，风越吹越空
悲伤，越写越浓
唯有吞咽，教人愉悦
我胃口大开
吃下天空的泪，虹霓的色谱，披着白霜的月光和故乡

胃变成一只喂不饱的饕餮
搜寻着所有可食之材
我不停不停地吃，吃下时代给予的恩宠：钟形的训诫
弯曲的光束，圆弧状的赞美
还是饿

天！我居然从湖水中
发现了自己：偶然的笑容，呆滞的眼神，幻听的耳朵
百无一用的良心
啊，太美味了！我舔了舔手指

冬 至

此时莫提月光。风声那么紧
怎能听见月牙在枝头唤冷。此时莫提蜡梅
骨朵噙泪也好
含香也罢，等的，都不是我

此时莫提酒。烧酒锋利，是直戳心窝的刀子
狠，并且准。醉话颠三倒四，绕不开的
是个痛字

此时莫提羊，作为时令的祭品
它绵软的肉质，奶白的汤汁，和我们张开的心脏
一样无辜

最长的冬夜
辗转难寐的人需要一盏灯，世界，需要一场温补

雪落西岭

1

蝴蝶，精灵，天使
能为它们穿上的，还是这些旧衣衫

2

一朵搀扶一朵，一朵背起一朵
一朵对望一朵，一朵亲吻一朵。它们多忙啊
连交谈
也显得多余

3

为何不下在北方
为何不携带粉红鹅黄，或者深深浅浅的蓝
为何冷眼尘世，仍可宁静安详

跋

　　是个随遇而安的人，被命运安置在小镇，一晃，许多年。

　　直到某一天，我遇见了光，在寻找光源的路上，被更多的光束眷顾着，照耀着，救赎着，多么幸运。

　　爱好接二连三淡出了生活，唯有诗歌，还不曾厌倦。

　　小镇生活让我内心宁静。无数次就着一窗灯火，在纸上排兵布阵。时间彻底慢了下来，每一分每一秒，都属于自己。

　　删删改改中，苦痛与欣悦此消彼长，周而复始。

　　我并不后悔，亏欠是有的，对身边的人，对未完成的睡眠，对被我写坏的那部分文字。这本集子，多么像一封致歉的长信。

　　花朵、月亮、信笺、云彩、细雪，这些在我文字里反复出现的事物，以自身的柔软一点点感染着我，让我还有勇气，执拗地爱着眼中小小的人间。

　　是内心的需要，是一个恰好的出口。

　　那么多表达方式，我选择了这一种而不是那一种，仅此而已。

这些从2011年到2014年陆续诞生于小镇的文字，它们有着樱桃的属性：纤巧、单纯，愿意把心端给你看——

色似翡翠的，涩；色若蜜蜡的，酸；色同玛瑙的，甜。

空空的，空空的。

给你，这许多盏糖灯笼。

你挑中的那一盏，它小小的心，是满的。

2016年9月